와다다곰,
귀여움이 오늘을 구해줄 거야

KB207685

작가의 말

안녕하세요, 띵똥 작가입니다!
와다다곰을 사랑해 주신 덕분에 귀엽고 '해삐'한
와다다곰의 일상 이야기가 담긴
《와다다곰, 귀여움이 오늘을 구해줄 거야》가 나오게 되었습니다.

책으로 여러분들에게 인사드리는 것은 처음이라 많이 떨리는데요.
와다다곰은 제 아이가 '와다다다!' 하며
뛰어노는 모습을 보고 만든 캐릭터입니다.
그래서 여러분들이 와다다곰 이모티콘을 보면
"보는 것만으로도 너무 귀엽다",
"에너지가 넘쳐서 좋다"라고 생각해 주시는 건 아닐까 합니다.

이 책에는 제가 실제로 겪었던 경험들을 담아냈습니다.
첫 직장 생활에 떨리던 순간,
상사에게 혼나 한없이 우울했던 날,
부모님과 함께 거실에서 티브이 보면서 희희낙락한 시간,
친구들이 나를 위로해 준 일상….
무겁지도 않지만 가볍지도 않게,
제 이야기를 와다다곰을 통해 편하게 전하고 싶었어요.

이모티콘 그리고 책을 만들면서,
나에게 이런 일도 있었지, 엄마와 이런 걸 했었구나,
난 이때 이렇게 느꼈지 하며
그때의 저를, 그때의 가족들을
꺼내 보는 시간을 가지게 되었습니다.

덕분에 소중한 기회를 얻었습니다. 고맙습니다.

하루하루가 즐거울 수 없겠지만
그래도 우리가 살아가는 일상에는
소소한 행복들이 있을 것입니다.

여러분들이 그걸 찾아내기를 응원하겠습니다.

"인생은 귀엽게 버티면 되는 거야!"

캐릭터 소개

아빠 감수성이 풍부하고 엄마 말을 잘 듣는다.
와다다와 늘 함께 있고 싶고, 모든 걸 함께하고 싶어 한다.
장난이 너무 심한 게 흠이지만 그마저도 사랑스럽다.

엄마 겉으로는 냉정해 보이지만, 속마음은 누구보다 따뜻하고 정이 많다.
특히 이모나 할머니와 있을 때는 무장 해제 된다.
표현하지 않지만 늘 와다다를 생각하고 걱정한다.

할머니 개그 욕심 있다. 와다다를 매우 사랑하고 잘 보살펴 준다.

이모 성격이 시원시원하고 와다다를 자기 친자식처럼 아낀다.

와다다 평범한 직장인, 쉬는 날엔 늘 누워 있고 티브이 보면서
치킨을 먹는 게 유일한 낙이다.
유리멘탈이지만 가족의 응원으로 잘 버티는 중이다.
집에서 안 나갈 때가 제일 행복하다.

차례

둔해도 너무 둔해

21

너 혹시…

귀여운 TMI

슈퍼스타

엄마 껍딱지의 최후

온도 차

43

인사를 잘해요

집중이 안 돼

저 왜 그런 거죠

엄마! 엄마! 엄마!

 첫 출근

첫 점심 식사

와다다곰 씨! 첫 날이니까다 같이 점심 먹을까요? 뭐 좋아해요 ??

아! 저는 아무거나 다 잘 먹어요!

같이 점심 먹자고 해줘서 넘 고맙다...

귀여운 게 최고

다시 태어난다면

편안한 이유

너~는 주말 내내 누워 있어 놓고 오늘도 또 누워 있냐

좀 앉아 있어라

앉아 있기엔 내 몸이 눕는 데 너무 최적화 되어 있는걸?

스-윽

아무리 오래 누워 있어도! 배기지 않게 지방이 요래~요래~~

출렁~ 출렁~

94

따뜻한 마음

나 따룽해?

고마워요 피티쌤

아!아..안 돼앳!!

저.. 저장 안 했어..!!

나 진짜 왜 살아.. 망했어...

여태 일한 거 다 날아갔어..힝

누굴 탓해, 내 탓이지 뭐..

에휴

힘내! 내 자신!

와다다곰 씨, 업무 관련돼서 힘드신 부분이 있다면, 주변에 도움을 좀 받으시고... 부족한 부분들도... 좀

네..

네..! 죄송합니다

앞으로 분발해주세요

업무 보세요

스윽

네!

다시 한번 잘 읽어보세요

뚜벅

뚜벅

123

비 오는 날

엄마?!

헝!

딱 맞춰서 왔네?

너 우산 안 챙겨온 거 같아서~ 맞지?!

웅! 엄마가 나랑 텔레파시가 통했나봐!

근데 마중 나온다고 연락도 안 하고 나왔어? 엇갈리면 어쩌려고!

그냥~ 서프라이즈 엇갈린 거 같으면 연락해 보면 되지~

연락 안 되면?! 그럼 괜히 나온 게 되잖아!

그럼 뭐~ 산책한 거지

더 사랑하는

엄마는?

싱그런 과일

엄마! 엄마도
그런 느낌 들 때
있어?

뭐?

그냥 세상 나 혼자인 것 같고
아무도 날 사랑하지 않는 것
같은 뭐 그런거..?

뭐 이렇게 장황해~
갑자기 뭔 소리야~

그냥~ 그런 생각이
가끔 들어~

아니~
사과는 왜 이렇게
비싸고 난리야

그 왜 아무도 날 찾지
않는 것 같고, 나만 자꾸
소외되는 것 같고

파가
어딨지?

133

가족이 위로가 되는 순간

137

139

머리만 대면…

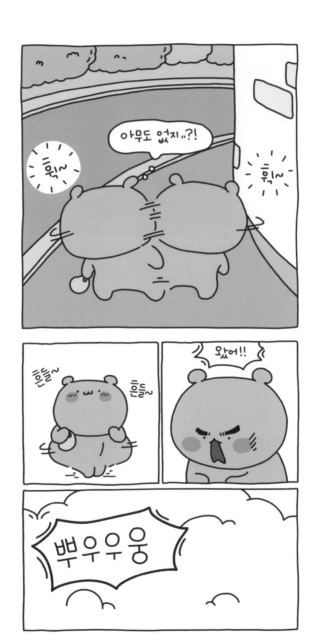

아주 건강하구먼!

151

153

직장인 쉬는 날

159

 지각이야

꿈

근데 왜 안했어?
엄마 공부도 잘했다며!

뭐~ 그땐 가난했으니까~
졸업하고 바로 돈 벌었지~

엄마도
꿈이 있었구나..!

그럼 ~엄마도 한때는 꿈이
있었지! 그냥 현실에 맞춰
살아서 그럴지~~!

그리고 꿈은
지금도 있어!

오! 뭔데?

지금 꿈은 우리 가족이
화목하게 잘 사는 건데..

너저분~

이럴게는 이번에도
꿈을 이룰 수 없을것
같은데..?

엄마 분노 게이지 차기
전에 어서 움직여!!

엄마가 화나면
가정의 화목이 깨져

으응;;

171

우울할 땐!

175

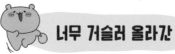

너무 거슬러 올라간

우린 잘 맞아

전생

전생은 있습니다 그런거로 ...

냠냠냠

전생이라...

당신은 전생이 있다고 믿어?

전생? 전생이고 뭐고 잘 모르겠고!

과자 좀 흘리지 마! 청소 중인데!!

전생이 있다면 아마 원수지간이었을겨!!!

이시!

184

185

삼겹살을 먹어요!

숙면

어쩔 수 없이

엄마의 요리

쿡적 쿡적

엄마 뭐해?

일어났어?

너 좋아하는
떡볶이 해주려고

죠아!

금방 해줄게!

오예! 오예!

웅!

조금만 기다려!

네!

뜨개질
마스터

엄마의 엄마

208

이모 그만⋯

214

치과는 무서워

엊그제 같은데

222

휴 힘들었다

제일 어려운 일

231

텃밭을 가꿔요!

여기가 할미 텃밭인데 놀러온 김에 함 뭐라도 심어봐라~

오!

타타타타

여기 모종 있다

툭!!

할머니! 나 수박 심어볼래!

그래~ 우리 와다다곰이 키운 수박 한 번 먹어보자!

235

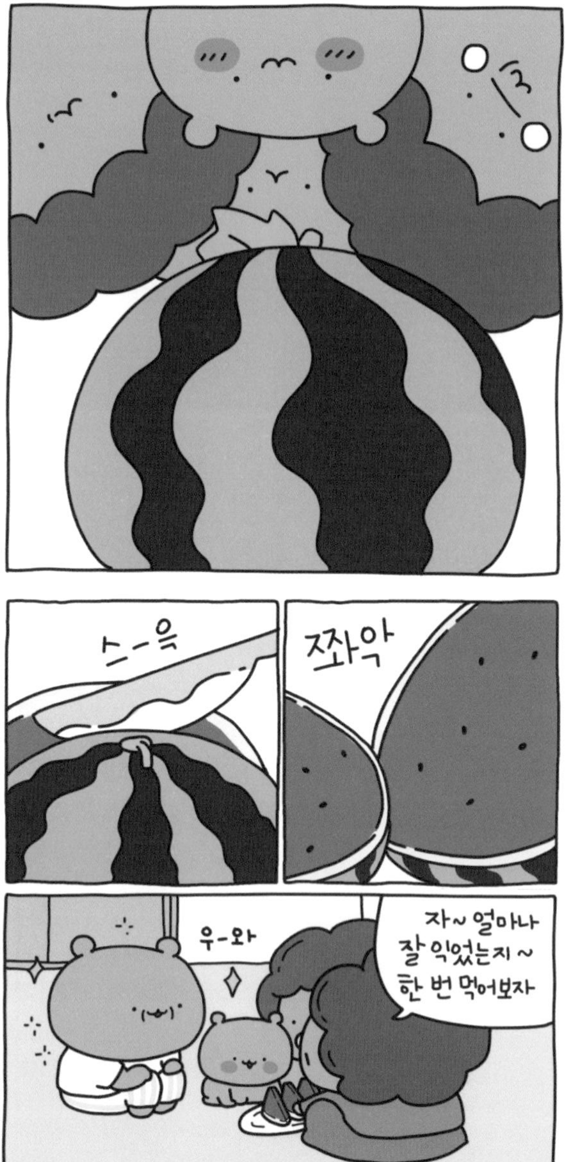
스-윽
쪼좌악
우-와
자~ 얼마나
잘 익었는지 ~
한 번 먹어보자

반짝반짝 보석

옛날에 할미가 꿈을 꿨는디
반짝반짝 빛이 나는
예쁜 나무들이 한가득이더라고

자세히 보니 반짝이는 게
전부 보석이었지 뭐여~

245

미션 임파서블

249

감기에 걸렸어요

253

255

257

초콜릿 추억

261

누가 엄마고 누가 이모야

소원을 빌어요

어렸을 때부터 난 꾸준히
매 새해마다 소원을 빌었어

달님, 올해에는 공부 안 해도
받아쓰기 백 점 맞게 해주세요

진짜 진짜
진짜 진짜

사춘기 시절

아무것도 하지
않았지만 중간고사
잘 보게 해주세요

응..

이렇게 또 새해가
되었군요..! 올해에는
예뻐지고 싶군요..

새내기 시절

소원에 정성이라도
좀 있어라...

270

소원도 야무지구만

어른이 되고 더 날강도스러워진 소원

어휴

생각보다 더

**와다다곰,
귀여움이 오늘을 구해줄 거야**

초판 1쇄 발행 2024년 6월 10일
초판 4쇄 발행 2024년 9월 30일

지은이 띵뚱
펴낸이 권미경
기획편집 김효단
마케팅 심지훈, 강소연, 김재이
디자인 this-cover
펴낸곳 (주)웨일북
출판등록 2015년 10월 12일 제2015-000316호
주소 서울시 마포구 토정로 47 서일빌딩 701호
전화 02-322-7187 팩스 02-337-8187
메일 sea@whalebook.co.kr 인스타그램 instagram.com/whalebooks

ⓒ 띵뚱, 2024

979-11-92097-83-1 (03810)

소중한 원고를 보내주세요.
좋은 저자에서 좋은 책이 나온다는 믿음으로, 항상 진심을 다해 구하겠습니다.